우리 미나리 좀 챙겨 주세요

우리 미나리 좀 챙겨 주세요

듀나 소설 — 이현석 그림

창비

차 례

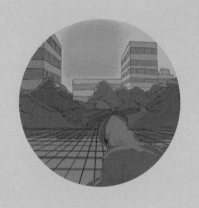

우리 당근이는
잘못한 게 없어요

"하지만 우리 당근이는 잘못한 게 하나도 없어요. 다 저 학생을 도우려고 한 거라니까?"

내 말이 그렇게 설득력 있어 보이지 않는다는 건 알고 있었다. 이빨과 발톱이 붉은 피로 물든 벨로키랍토르가 십 대 중반 정도 되어 보이는 남자아이 세 명에게 으르렁거리는 모습은 척 봐도 위험해 보였다. 남자애 두 명은 각각 셔츠와 바지가 찢어져 있었고 오른쪽 팔과 정강이에서는 아직도 피가 흐르고 있었다. 다치지 않은 한 명은 둘리 동상 다리에 바짝 붙어 서서 알아들을 수 없는 욕설을 퍼 붓고 있었다.

사냥할 필요도 없고 뭘 먹어야 할 이유도 없는 메카 공룡들의 이빨과 발톱은 위험하지 않다. 만져 보면 부드럽고 탄력이 있으며 심지어 속이 비어 있다. 메카 공룡 자체도 위험하지 않다. 공룡 쇼에서 무시무시한 육식 동물 흉내를 썩 그럴싸하게 해내지만 그건 모두 연기일 뿐이다. 경찰 드론 대신 메카 익룡과 시조새가 날아다니고 메카 부경고사우르스가 해안 안전 요원으로 일하는 동네인 해남에서는 이 모든 게 상식이다. 그래도 혹시 외지에서 온 모르는 사람들이 메카 공룡들을 무서워할까 봐 머리에 예쁜 핑크색 왕리본도 달아 주고 목줄도 채웠지만 그만 일이 터지고 말았다.

마치 연극에 출연하는 기분이었다. 광장 주변에

서 우리를 구경하고 있는 행인들은 관객이었다. 처음부터 이 소동을 지켜보았던 이들은 특별히 겁을 먹은 것 같지도, 당황한 것 같지도 않았다. 이들 중 일부는 이 역시 공룡 쇼라고 생각할지도 모른다. 그리고 막 경찰 카트에서 내린 두 사람은 이제부터 내가 상대해야 할 동료 배우였다.

"당근이가 낸 상처가 아니에요."

나는 경찰관 콤비에게 최대한 차분하게 설명했다.

"저 아이들 중 한 명이 흉기를 갖고 있었어요. 알루미늄 칼 비슷한 거요. 그걸로 저 학생을 찌르려고 덤볐어요. 당근이가 그걸 보고 저 학생 앞으로 끼어들었어요. 난투극이 벌어졌고 결국 모두 조금씩 다쳤지요. 저 피 절반은 당근이 거예요. 그리고 당근이는 단 한 번도 흉기를 잡거나 한 적이 없어요. 그냥 몸무게로 밀어붙였을 뿐이에요. 저기

하늘에 떠 있는 시조새 로봇이 상황을 찍었을 테니 확인해 보세요. 그걸로 부족하다면 아까 상황이 당근이 메모리에 다 저장되어 있으니 뽑아서 보내 드릴게요.”

“맞습니까?”

두 경찰관 중 생물학적 인간인 남자가 고개를 돌리며 묻자, 습격당한 학생은 옷을 털며 일어나 고개를 끄덕였다.

“네 나라로 꺼져, 이 깡통 벌레 년아!”

남자애 한 명이 찢어지는 목소리로 고함을 질렀지만 남자 경찰이 째려보자 기가 죽어 시선을 피했다.

“메카십니까?”

메카 인간인 여자 경찰이 물었다.

“일 년 전 사고 때문에 근육과 뼈 일부를 바꿨어

요. 그러니까 몸의 절반 정도가 메카지요."

학생이 말했다.

메카 인간의 독특한 동작은 대부분 근육과 관절의 움직임에서 나온다. 대다수의 메카 인간은 좀 더 자연스럽게 걸을 줄 안다. 하지만 몸을 수리한 지 얼마 되지 않은 저 아이는 굳이 그럴 생각이 없었고 결국 저 초라한 악당들의 표적이 된 것이다.

"인종 차별, 메카 차별, 성 차별. 종합 세트잖아. 어디서 저런 것들이 기어 나왔지? 그리고 깡통 벌레랑 '네 나라로 돌아가'는 또 뭐야? 사극 찍나?"

남자 경찰관은 어이없다는 듯 혀를 찼다. 여자 경찰관은 대답하지 않고 스캐너를 꺼내 남자애들에게 들이댔다. 찰칵 소리가 났지만, 결과가 뜨지 않았다.

"등록된 시민이 아니야?"

남자 경찰이 묻자 여자 경찰이 말없이 고개를 끄덕였다.

남자애 한 명이 얼굴을 일그러뜨리며 이상한 소리를 냈다. 경찰을 놀리려는 거 같았다. 남자가 가까이 가자 아이는 낑낑거리는 소리를 냈다. 여자 경찰관이 다가가 그 아이의 통통한 왼팔을 잡아 비틀었다. 아이는 반항했지만 경찰의 힘이 더 셌다.

"애들도 메카야."

여자 경찰이 아직도 안에서 불꽃이 튀는 상처를 가리키며 말했다.

"등록 안 된 메카. 인간도 아니야. 알고리듬 뭉치라고. 저런 것들이 있을 만한 곳을 찾아 봐."

나는 한숨을 돌리고 한 걸음 뒤로 물러났다. 흐트러진 옷을 다듬고 모자를 고쳐 썼다. 다행히도 어디에도 피는 묻어 있지 않았다. 단지 아까 소동

중 당근이 뒷발에 밟혔는지 꼬리가 좀 아팠다. 한 번 휘저어 보았다. 끝에서 네 번째 마디가 어긋난 것 같았다. 앞발이 닿지 않는 부분이었다. 공원으로 돌아가 손볼 수밖에 없었다.

모노휠 한 대가 광장에 도착했다. 차마린 사육사가 헬멧을 벗고 내려와 나에게 달려왔다.

"다친 데 없어요, 파랑 씨?"

"꼬리 관절이 어긋났지만 괜찮아요. 하지만 당근이가 좀 다쳤어요."

사육사는 백팩에서 구급상자를 꺼내 여전히 매서운 눈으로 메카 남자애들을 노려보고 있는 당근이를 치료했다. 목 밑의 피부가 조금 찢어져 피가 흐르고 있었지만, 내부 손상은 거의 없었다. 일단 벌어진 상처를 붙이고 나머지는 돌아가 마무리하면 되었다. 다음 환자는 나였다. 날카로운 통증과 함께 등 뒤에서 딸깍하는 소리가 났고 꼬리는 다시 정상이 되었다.

　오래간만의 외출이 엉망이 되었다. 초원 어린이집의 공룡 쇼 행사가 끝난 뒤 곧장 차를 타고 해남 고생물공원으로 돌아오는 대신 해변을 산책하다가 여명 공원에서 일곱 시부터 열리는 해남 실내악단의 야외 콘서트를 구경할 생각이었다. 내가 좋아하는 작곡가 제럴드 핀지의 작품 다섯 곡이 레퍼토리에 포함되어 있었다. 하지만 벌써 여섯 시 오십 분. 지금 당장 가도 핀지의 곡들은 모두 끝난 뒤일 것이다. 어차피 이 기분으로는 둘 다 음악을 즐길 수도 없었다. 이 아름다운 저녁과 제럴드 핀지를 동시에 날려 버리다니.

　돌돌거리는 소리와 함께 빨간 밴 한 대가 광장으로 들어왔다. 문이 열리고 유니폼을 입은 생물학적 인간 한 명이 내렸다. 척 봐도 화가 잔뜩 나 있었다.

"밀양역사체험박물관의 최한림입니다. 우리 로봇 세 대가 여기 있다는 연락을 받고 왔습니다."

최한림은 성큼성큼 우리에게 다가오더니 로봇들을 손가락으로 가리키면서 휘파람 소리를 냈다. 그와 동시에 세 로봇은 끽 소리를 내면서 눈알을 뒤집고 혀를 삐죽 내밀더니 작동을 멈추었다.

"어떻게 된 일입니까?"

메카 경찰이 물었다.

"창고에서 탈출했어요. 사흘 되었다는데 오늘까지 눈치채지 못했습니다. 아, 이 옷들은 어디서 훔쳤는지 모르겠군요."

"프로그램 이상인가요?"

"프로그램은 멀쩡합니다. 원래 저런 놈들로 만

들어 전시 중이었으니까요. 하지만 이번에 박물관 보안 프로그램을 손보는 동안 뭐가 잘못된 것 같습니다. 어쩌다 보니 저것들이 바깥으로 나왔고 그 뒤에도 프로그램에 따라 행동한 거예요."

"박물관 로봇들이 저렇게 똑똑해서는 안 되지 않습니까? 어떻게 자아 없는 로봇들이 밀양에서 해남까지 온 거죠?"

"플로우가 있었나 보죠."

한 마디로 자기도 모르겠다는 말이다. 이론상 네트워크에서 일어나는 메카 의식들의 데이터 교환 중 잠시 일어날 수 있는 '플로우'는, 설명 안 되는 모든 것들을 설명하는 만능 도구였다. 하긴 역사박물관에서 몇 세기 전 인간들을 흉내 내는 전시 로봇이 탈출해 300킬로미터 떨어진 곳에서 길가는 학생을 폭행하려 했다면 '플로우'가 유일한 답이었다. 이 모든 사건에 숨은 의미가 있다고 하기에는 철저하게 무의미해 보였다. 무엇보다 플로우만으로는 책임을 면하기 어렵다. 사흘 동안 자아 없는 미치광이 로봇들이 한반도를 떠돌고 있었다면 아무리 기괴한 플로우가 돌았다고 해도 그건 전적으로 박물관 책임이었다. 그 로봇들이 사람 하나를 죽일 뻔했다면 더욱 그랬다. 나는 억만금을 받아도 최한림과 입장을 바꾸고 싶지 않았다. 어차피 나 같은 공원 마스코트 로봇에게 억만금은 별 필요도 없긴 했지만.

빨간 밴은 작동 정지된 로봇들을 싣고 광장을 떠났다. 모든 위험이 사라지자 당근이는 긴장을 풀었다. 나는 당근이의 흐트러진 왕리본을 다듬어 주고 발톱과 이와 깃털에 묻은 피를 닦아 냈다. 다행히도 로봇 몸 안에 흐르는 순환액은 생물학적 인간의 피와는 달리 마르면 쉽게 떨어져 나왔다.

서류 작업을 마친 경찰들은 광장을 떠났다. 나, 당근이, 차마린 사육사, 그리고 아까 습격당한 학생은 둘리 동상 옆에 남았다. 소동이 벌어지는 동안에도 이 초록색 공룡은 광장 맞은 편 기념품 가게와 해초 빵집 사이를 바라보며 혀를 낼름 내밀고 있었다. 나는 늘 이 동상에게 가족같은 친밀감을 느꼈다. 우리는 둘 다 귀엽고 친근하게 만들어진 만화 캐릭터 공룡이었다. 단지 내가 덜 위험할 뿐.

"아니사 혜예요. 차마린 사육사님, 그리고 파랑이 홍보관님이시죠? 두 분 다 엄마랑 같이 공원에 갔다가 만난 적 있어요. 엄마는 파티마 혜예요."

학생이 말했다.

파티마 혜는 얼마 전 메갈로사우르스 복원 프로젝트 때문에 공원과 계약을 맺은 S&D 테크의 임원 중 한 명이었다. 공원은 몇 년 전부터 생물학적 공룡을 만들어 세계 곳곳에 팔기 시작했고 모자란 일손을 채우기 위해 다른 회사의 손을 빌려야 했다. 차마린이나 나 같은 직원은 이런 변화가 불만스러웠지만 공원은 시류를 따를 수밖에 없다는 것도 알고 있었다.

S&D의 임원들은 허수아비나 다름없는 데다가 은퇴까지 한 미디어 연출자 대표를 제외하면 모두 메카였으니 파티마 혜 역시 메카임이 분명했다. 검색해 보니 내 짐작이 맞았다. 하긴 메카 부모와 생물학적 인간 자식은 생물학적 인간 부모와 메카 자식만큼이나 흔했다. 적어도 이들은 생물학적 인간 가족끼리 느끼는 억울함과 울분을 잘 느끼지 못하는 편이었다. 옛날 사람들은 몰랐던 메카 인간들의 기능이었다. 메카 인간들은 생물학적 인간들로만

구성된 사회의 부정적 갈등 상당 부분을 해결했다.

우리는 파티마 헤를 기다리는 동안, 동상 옆 벤치에 앉아 아니사와 메카-인간 가족에 대해, 아이가 전에 겪었던 사고에 대해, 공원과 공룡에 대해 이야기를 나누었다. 그러다 보니 흐름이 자연스럽게 밀양박물관과 아까 우리가 만났던 로봇들로 흘러갔다.

"옳지 않은 거 같아요."

아니사는 당근이의 머리에 달린 왕리본을 쓰다듬으며 말했다.

"뭐가요?"

내가 물었다.

"그런 생각들과 행동들을 로봇 안에 가둔다는 것이요. 학대 같아요."

"그 로봇들은 자아가 없어요. 조금 복잡할 뿐,

18세기 오토마타*랑 다를 게 없어요."

"알아요. 하지만 그래도 나빠요. 제가 생각하기엔 그런 생각들은 어떤 방식으로도 살아 있게 두어서는 안 돼요. 자아가 있건 없건, 저 로봇들은, 저 생각들은 우리에게 충분히 살아 있어요. 보셨잖아요."

막 정거장에 도착한 버스에서 파티마 혜가 내리자 대화는 중단되었다. 아이는 우리에게 인사를 하고 엄마를 향해 달려갔다. 아이를 따라간 차마린 사육사는 파티마 혜와 짧게 이야기를 나누었는데 입술이 보이지 않아 무슨 내용인지 알 수 없었다.

아이와 엄마가 떠나자 사육사는 모노휠을 타고 집으로 돌아갔고 나와 당근이는 공원을 향해 걸었

● **오토마타(Automata)** 기계 장치를 통해 움직이는 인형 혹은 조형물.

다. 제럴드 핀지의 음악은 없었지만, 저녁은 여전히 아름다웠다.

나는 걸으면서 밀양역사체험박물관에 대한 자료를 검색했다. 한반도의 다양한 역사를 가상 현실을 통해 재현하고 관객들은 타임머신을 탄 것처럼 당시의 역사를 직접 체험할 수 있는 곳이다. 박물관 기능의 상당수는 물리적 공간에 직접 가지 않아도 이용할 수 있지만 그래도 박물관을 찾는 관객들은 여전히 필요했고 그 때문에 저런 로봇들이 만들어진 것이다. 같은 업계 종사자로서 충분히 이해할 수 있는 일이었다. 하지만 저 로봇들과 우리 공원의 메카 공룡들은 다르다. 저들에겐 연기의 층이 존재하지 않는다. 오로지 과거의 분노와 혐오와 억울함만이 얇은 그릇 안에 담겨 있다.

나중에 밀양에 한 번 가 볼까. 뭔가 배울 수 있는

게 있을지도 모른다. 메카 공룡인 내가 감금된 인간형 로봇을 구경하는 광경은 20세기 만화의 한 장면 같아서 재미있을 것이다. 직업상 나는 좋은 구경거리를 만드는 기회를 놓치지 않는다. 단지 저들의 전시물이 특별히 재미있을 거라는 생각은 들지 않았다. 폭력적이고 어리석고 비겁한 생물학적 인간들이 오염 물질을 뿜어 대며 지구와 자신들을 파괴하던 옛날의 재현이라니. 우린 거기서 도망쳐서 여기까지 온 게 아닌가. 나는 과거에 대한 생물학적 인간들의 열광을 이해할 수 없었다. 그들은 이런 구경거리를 통한 대리 충족이 세상을 안전하게 만든다고 주장하는데, 그건 그들이 여전히 많이 바뀌지 않았다는 선언이 아닌가. 과연 오늘 있었던 소동이 '플로우' 때문일까? 뭔가 훨씬 쉽게 설명할 수 있는 다른 이유가 있지 않을까. 밀양박물관에서

일하는 생물학적 인간 직원들은 여기에 아무 책임
이 없을까.

갑자기 모든 게 걱정이 됐다.

우리 미나리 좀
챙겨 주세요

1

"여긴 백악기관이에요. 쥐라기관은 반대쪽인데. 1억 년이나 차이가 나는 게 안 보여요?"

"하지만 원장님이 여기로 가라고 했어요. 차마린 사육사님 맞죠?"

"맞긴 한데, 스테고사우루스 담당자는 이수정 사육사인데요."

"하지만 우리 미나리가 거기 스테고사우루스를

무서워해요."

"두려움 정도는 지우면 되잖아요. 쥐라기관 직원들은 단체로 다 휴가 갔대요?"

"우리 미나리는 메카가 아니에요."

나는 손보고 있던 소담이의 왼쪽 뒷다리 근육 유닛을 내려놓고 손님 뒤에 다소곳이 서 있는 염소만한 스테고사우루스 새끼를 바라보았다. 녀석의 작은 얼굴에 달린 단추만 한 눈만 봐서는 이게 진짜 동물인지, 메카인지 구분이 어려웠지만 가까이 가니 메카 동물에게서는 맡을 수 없었던 독특한 냄새가 났다.

"치킨 공룡인가요?"

내가 묻자, 손님은 어깨를 으쓱했다.

"타조 공룡이래요. 타조 DNA 기반으로 만들었대요."

"타조 공룡이건, 치킨 공룡이건, 쥐라기까지 거슬러 가 만든 첫 번째 공룡이겠네요? 전 왜 몰랐죠?"

"불법이었으니까요. 유전자 해커들이 베트남 억만장자에게 팔려고 만들었다가 동물복지국 수사관에게 들켰대요. 그러니까 그렇게까지 정확하게 만든 애는 아니에요. 모양은 그럴싸하지만요."

"정확한 공룡을 만드는 게 가능하겠어요? 다 그럴싸하게 비슷한 애들이지."

"그럴싸하게 비슷한, 앞으로 버스만 한 크기로 커질 살아 있는 동물이지요. 한반도에 이 정도 크기의 생물학적 공룡을 관리할 수 있는 곳은 여기 백악기관밖에 없어요. 말씀하셨듯 쥐라기 공룡은 처음이고 쥐라기관은 경험도, 설비도 없으니까요. 무엇보다 미나리가 거기 스테고사우루스를 무서

워하고요. 전 개성과학원 고생물 관리사 현승아예요. 미나리가 적응할 때까지 여기 있을 거예요. 저를 따르거든요. 33일 동안 애 엄마 노릇을 해 왔어요."

나는 미나리에게로 다가가 무릎을 꿇고 표정 없는 작은 얼굴을 관찰했다. 잠시 움찔한 녀석은 골판들을 흔들며 뒷걸음질 쳤지만 곧 멈추었다.

"얼굴을 알아보나요?"

"저는 알아봐요. 하지만 머리가 얼굴을 제대로 볼 위치에 눈이 달려 있지는 않잖아요. 냄새나 목소리의 비중도 큰 거 같아요. 생각만큼 멍청하지는 않아요. 뇌가 작기는 하지만 중추 신경계가 보완을 해 주고⋯⋯"

"하긴 애완동물이 아주 멍청하면 안 팔리겠지요."

"DNA 설계할 때 페레스 가설을 따랐대요. 콜로라도대에서 전문가들을 보낼 거라고 했어요. 은퇴했지만 페레스 교수도 온다고 해요. 진짜 스테고사우루스가 미나리 같았다는 법은 없겠지만 그래도 가설에 힘이 실리니까요."

절룩거리는 발소리가 들렸다. 소담이었다. 더이상 힘을 쓰지 못하는 왼쪽 뒷발을 가볍게 디디며 세 발로 걸어오고 있었다. 복도를 돌아 모습을 드러낸 작은 메카 트리케라톱스를 본 미나리는 비명을 지르며 빨갛게 달아오른 골판들을 세우고 뿔이 난 꼬리를 흔들었다. 하지만 새 친구가 왔다고 신이 난 소담이는 경고 신호 따위는 무시하고 전진했다.

"소담아, 멈춰! 소담아, 정지!"

내가 외쳤다.

소담이는 얼음땡이라도 한 것처럼 걸음을 멈추고 서서 내 눈치를 보았다. 스테고사우루스는 진정한 것 같았다. 비명은 멎었고 골판들은 다시 원래 색으로 돌아갔다. 놀랍게도 미나리는 쿵쿵거리면서 소담이에게 다가오더니 소담이의 입과 발에 코를 댔다. 명령어에 정지한 메카 공룡에게서 안전함의 냄새를 맡았던 걸까.

"소담아, 쉬어."

소담이는 들고 있던 오른쪽 앞발을 내리고 미나리의 정수리 냄새를 맡았다. 미나리는 가만히 있었다. 소담이는 단순한 공원용 장난감이 아니었다. 25년 동안 아기 공룡으로 살아오며 온갖 것들과 친근감을 쌓아온 베테랑이었다. 무뚝뚝한 어른 메카 스테고사우루스들보다 미나리에게 더 나은 친구일 수도 있는 것이다.

"잠시 둘을 같이 두기로 해요."

현승아 관리사가 말했다.

2

해남고생물공원은 총 72종의 복원 생물을 갖추고 있다. 그중 59종은 멸종된 지 500년 미만의 것들로 동아시아 생물 복원 프로젝트의 결과물이다. 멍청한 옛 인간들의 죄를 속죄하기 위한 발버둥의 산물인 이들은 언젠가 모두 자연으로 돌아갈 것이고 다른 멸종 동물이 그 자리를 채울 것이다.

나머지 13종은 공룡들이다. 모두 한반도에 서식한 백악기 초식 공룡들과 그럴싸하게 닮았지만 닭과 같은 조류 DNA 기반으로 재조립한 동물들이다. 당시 공룡들은 이들과 아주 비슷한 동물들이었

고 유사한 DNA 구조를 갖추었을 가능성이 분명 있다. 하지만 기본적으로 이들은 아서 코난 도일 소설에 나오는 공룡들과 크게 다를 게 없는, 과학적 가설에 기반을 둔 창작물이다.

해남고생물공원의 밥줄을 책임지는 나머지 공룡들은 메카다. 공원의 마스코트이자 가이드인 해남 세쌍둥이처럼 유니폼을 입고 7개 국어를 유창하게 구사하는 의인화된 존재도 있지만 대부분 상대적으로 충실한 멸종 동물 재현이다. 우린 이들과의 공존에 만족한다. 예측 가능하고, 안전하고, 유지비가 적게 들고, 공원의 인공 환경 속에서 충분히 행복한 기계들. 종종 티라노사우루스나 벨로키랍토르와 같은 인기 있는 육식 공룡의 복원 요청이 들어오긴 하지만 적어도 해남에서 현실화될 가능성은 없다.

생물학적 공룡들은 모두 메카 공룡들과 어울려 지낸다. 사육사로서 나는 이 둘을 대놓고 구별하려 하지 않는다. 양쪽 모두에 대한 지식과 경험이 있고 이들이 서로 어울릴 때 무슨 일이 일어나는지에 대해서도 알고, 이들의 관계를 어떻게 이용할 수 있는지도 안다.

미나리는 백악기관 공룡 유치원으로 갔다. 미나리를 뺀 16마리의 아기 공룡들은 모두 메카다. 1년 전까지만 해도 앵무와 사랑이라는 프시타코사우루스 두 마리가 있었는데, 모두 나이가 차서 소형 초식 공룡 구역으로 옮겨 갔다. 만들어진 지 10년에서 30년이 지난 로봇들이 오랜 세월 동안 노련하게 아기 흉내를 내고 있는 것이다.

미나리는 그럭저럭 잘 지냈다. 처음에는 현승아가 보이지 않으면 불안해했고 소담이를 제외한 다른 공룡들이 가까이 가면 구석에 숨어 빽빽거렸지만, 일주일이 지나니 무리 속에서 적응하기 시작했다. 소담이가 뒷다리 교체 수술을 받으러 반나절 동안 유치원을 비웠을 때도 비교적 차분했다. 비슷한 크기의 다른 아기 공룡들이 있는 환경을 과학원 사육장보다 더 안정적이라고 인식한 것 같았다.

미나리는 진짜 스테고사우루스보다 더 똑똑할까? 내가 아는 전문가들 3분의 2 정도는 인간이 만든 생물학적 공룡들이 진짜 공룡보다 똑똑하다고 생각한다. 설계자의 소망이 반영되어 있고, 아무리 교정한다고 해도 설계의 바탕이 되는 조류는 선입견과는 상관없이 꽤 영리한 동물이다. 미나리는 최소한 닭이나 오리 수준의 지능을 가지고 있었고 더 높을 수도 있었지만 이것만으로는 진짜 스테고사우루스의 지능에 대한 구체적인 증거를 찾을 수 없었다. 무엇보다 미나리는 돈독 오른 해커들이 마구 만든 쥐라기 공룡이었다. 생물학적 정확성을 따진다면 전주대의 고생물학자들이 6년을 투자해 만든 앵무와 사랑에 비할 바가 아니었다.

타미 페레스는 나머지 3분의 1에 해당하는 전문가였다. 그리고 그 은퇴한 학자는 지금 제자들을 이끌고 덴버에서 해남으로 날아오고 있었다. 하긴 궁금했겠지. 스테고사우르스를 포함한 쥐라기 공룡 14종의 뇌와 중추 신경계를 재현한 페레스 모델은 지금까지 가상 현실 안에서만 존재했다. 미나리가 페레스 가설을 완벽하게 증명하지는 않지만 물리 공간에서 자신의 모델을 따른 공룡을 보는 건 여전히 벅찬 일이리라.

미나리는 서서히 옛 유모로부터 독립 중이었다. 경찰이 해커 무리한테서 압수한 정보와, 개성과학

원이 익힌 경험과 정보는 모두 우리에게로 넘어왔고 유치원의 시스템은 이제 알아서 작동 중이었다. 현승아가 유치원 안으로 들어가면 미나리가 달려왔지만 떠날 때는 이전처럼 울부짖지 않았다.

"저를 곧 잊어버리겠지요."

현승아가 아쉬운 듯 말했다.

우리는 소담이, 미나리와 함께 백악기 구역의 산책로를 걷고 있었다. 메카 공룡들은 공원 안이라면 비교적 자유롭게 돌아다닐 수 있었지만 생물학적 공룡들은 안전상 제약이 많았기 때문에 산책을 하려면 방문객들이 모두 떠나고 공원 문을 닫은 여덟 시까지 기다려야 했다.

산책로 주변의 풀을 뜯는 미나리가 처음에는 걱정스러웠다. 진짜 스테고사우루스가 살던 쥐라기 때는 풀이라는 것이 존재하지 않았기 때문에. 하지만 어차피 우리가 제공하는 사료도 쥐라기의 재료로 만들어진 건 아니었다. 해남에서 고생물학적 순수성을 따지는 건 별 의미가 없었다.

날은 어두워졌지만 호기심 많은 주변 메카 공룡들의 시선이 느껴졌다. 머리 위에서 들려오는 둔중한 울음은 부경고사우르스 해바라기의 것이었다. 울타리 너머에서 두 마리의 벨로키랍토르가 다다닥거리며 옆을 따랐다. 어느 누구도 산책로 안으로 들어와 길을 막지 않았다. 그래서는 안 된다는 것을 모두 알고 있었다.

메카 공룡의 지능은 당연히 생물학적 공룡보다 뛰어났다. 원래부터 그렇게 똑똑하게 만들 생각은 없었다. VR 중생대와는 다른 종류의 물리적 현실감 속에서 관객들을 즐겁게 해 줄 공연이면 족했다. 하지만 공원과 방문객의 요구가 반영되고, 경험이 쌓이고, 소프트웨어와 하드웨어 모두가 개량 되면서 이들의 지능은 자연스럽게 향상되었다. 영 리한 기계들이었다. 인간과 일대일로 비교하는 것 은 세탁기와 잔디깎이를 비교하는 것만큼이나 무 의미했지만.

"소담이가 벌써 스물다섯 살이라고요?"

현승아가 미나리 옆에서 길을 인도하는 소담이 의 꼬리를 바라보며 물었다.

"그 나이에 무슨 의미가 있는지 모르겠어요."

내가 대답했다.

"물리 공간에서 작동 시작한 게 25년 전인 건 맞 는데, 이미 가상 현실 공간 안에서 꾸준히 실험하 고 개량한 아기 트리케라톱스의 정신의 프로토타 입을 그대로 복사해 가져온 것이니까요. 그리고 저 애의 몸은 뭐랄까 테세우스의 배˚와 같지요. 척추

골격을 제외하면 25년 전 재료는 거의 남아 있지 않아요. 저번에 교체한 뒷다리 유닛이 처음부터 가지고 있던 마지막 근육이었지요."

　"생물학적 인간 자체도 테세우스의 배가 아닌가요? 세포의 수명은 짧으니까요."

　"현승아 관리사님은 자신이 몇 살이라고 생각해

요?"

"열네 살요. 저는 제 메카 몸이 만들어지기 전의 기억은 제 것이 아니라고 생각해요. 가끔 저에게 기반 기억과 외모를 준 사람, 그러니까 인간 현승아의 부모를 만나야 하는데, 그럴 때마다 특별히 공을 들여 연기를 해요. 15년 전에 죽은 현승아와 제가 같은 존재라는 생각이 안 들거든요. 기억은 많이 갖고 있지만 그게 제 것 같지는 않아요. 일단 생물학적 욕망의 연속성이 없으니까. 주어진 역할을 배우처럼 수행한다는 점에서 저도 소담이와 크게 다르지 않아요."

"다른 길을 가고 싶지는 않아요?"

"스스로 존재한다는 게 뭔지 모르겠어요. 전 죽

● **테세우스의 배** '배의 모든 부품이 교체된 배가 여전히 예전의 배와 같은지'를 묻는, 그리스 신화에 등장하는 역설.

은 사람을 모방하기 위해 만들어졌고, 그 존재 방식이 자연스러워요. 저는 현승아를 연기하는 걸 좋아해요. 잘 알고 잘하는 일이지요.

가끔 죽음에 대해 생각해요. 제가 물리 공간에서 존재할 수 있게 허용된 기간이 66년 남았어요. 그때까지 저의 이야기를 아름답게 완성할 수 있으면 정말 좋겠지요. 단지 그게 현승아가 원한 이야기인지는 모르겠어요. 자살했으니까요. 자기를 닮았지만 거친 부분이 편리하게 제거된 기계가, 부모의 뜻에 따르는 삶을 살면서 80년을 보내는 걸 그 사람은 어떻게 생각할까요?"

"생각하지 않겠지요. 존재하지 않으니까요."

3

　타미 페레스와 전문가들이 해남 세쌍둥이들의 환대를 받으며 도착했다. 한국에 온 건 이틀 전이었는데, 그동안 개성에서 미나리를 만든 해커들을 만나 인터뷰를 했다고 한다.

　페레스는 소멸을 앞둔 메카 인간들이 대부분 그렇듯 단호하고 초연한 모습이었다. 이미 불필요한 기억이나 감정의 상당 부분을 지워 버렸고 전문가의 정수만 남아 있었다. 그래도 유치원에서 미나리를 처음 보았을 때 얼굴에 떠오른 미소는 인간적이기 짝이 없었다. 하긴 발견의 즐거움과 업적에 대한 자부심을 느끼지 못하는 과학자를 어디다 써먹겠는가.

　페레스가 미나리의 담당자인 현승아와 대화를

나누는 동안 나는 덴버 공룡 동물원의 엔지니어 두 명으로부터 질문 공세를 받았다. 콜로라도 주에서는 이전부터 생물학적 쥐라기 공룡들을 만드는 데에 관심을 갖고 있었다. 지금까지는 학계의 기준을 통과하는 기술이 없어서 계속 유보되었는데, 이번에 사고 친 해커들 덕택에 그 계획이 다시 수면 위로 떠오른 모양이었다.

"하지만 그 사람들이 새로운 기술을 발명하거나 그런 건 아닌 걸요. 아무것도 입증한 게 없고요."

내가 말했다.

"그래도 페레스 모델이 제대로 작동하고 있다는 것이 증명되면 계획에 유리하겠지요. 그리고 주 정부에서는 스테고사우루스를 갖는 계획에 열성적입니다. 아무래도 우리 주를 대표하는 공룡이니까요. 우리가 처음이었어야 했는데 아쉽지요."

엔지니어 중 키 큰 쪽이 말했다.

"학계 기준을 통과하는 첫 스테고사우루스도 충분히 의미가 있지 않을까요?"

"그 기준 자체가 사람들이 다 멋대로 만들어 놓은 것이지요. 이 모든 게 고생물학 연구와 무슨 상관이 있을까요. 우리가 유전자를 쿠키 반죽처럼 주무를 수 있다는 걸 보여 주는 쇼에 불과하지요. 우리 주를 대표하는 스테고사우루스로는 이미 웬디가 있습니다. 똑똑하고 말도 잘하고 경험도 풍부하고 진짜 스테고사우루스처럼 생긴 행복하고 멋진 로봇입니다. 굳이 따로 생물학적 스테고사우루스를 만들어야 하는지 모르겠어요. 영문도 모른 채 똥이나 싸대며 불행하게 살다가 죽을 텐데. 생물학적 스테고사우루스가 뭔가요. 호두만 한 뇌와 뿔네 개가 양끝에 달린 거대한 위장(胃臟) 아닙니까.

인간이 만든 게 쥐라기에 살던 진짜와 더 닮았다고 달라지는 게 있을까요?"

키가 작은 쪽이 투덜거렸다.

나는 핑계를 대고 슬쩍 자리를 피했다. 처음 보는 사람 앞에서 저런 이야기를 마구 지껄인다면 내부에 심각한 갈등이 있는 모양인데, 그게 뭔지 굳이 알고 싶지 않았다. 학술적인 의견차 때문일 수도 있겠고, 메카 인간과 생물학적 인간 사이의 갈등일 수도 있겠지. 아무리 편견 없는 세상이라고 우겨도 정말 그런 세상이기는 어려우니까. 단지 나는 두 사람 중 누가 메카인지 굳이 구별해야겠다는 생각이 들지 않았다. 작은 쪽이 더 생물학적 인간 같긴 했는데.

나는 백악기 언덕으로 올라가 새로 들여온 메카 해남이크누스 두 마리에게 비행을 가르치며 오후를 보냈다. 이미 실제 백악기를 능가할 정도로 많은 메카 익룡들이 해남군 하늘을 날아다니며 경찰 업무를 보고 있었지만 새 도지사는 이것만으로는 만족하지 못했다. 소문을 들어 보니 이 사람은 생물학적 익룡들도 몇 마리 도입하고 싶어 하는 모양이었다. 쓸데없고 위험한 망상이었지만 사람이 심심하면 별의별 생각을 다 하는 법이다.

날이 어두워져 익룡들을 불러들이고 있는데, 해남 세쌍둥이 중 노랑이가 언덕 위로 달려왔다. 만화 같은 노란 얼굴엔 근심이 가득했다.

"미나리가 사라졌습니다, 사육사님."

노랑이가 외쳤다.

"위치 추적 칩은요?"

내가 물었다.

"칩이 꺼져 있어요. 공원 관리 시스템에도 걸리지 않습니다. 공원 바깥으로 나간 것 같지는 않은데, 어디에 있는지 모르겠어요."

"어쩌다 이런 일이 생긴 거래요?"

"저희도 잘 모르겠습니다. 페레스 교수님이 현승아 관리사님과 이야기를 나누려 자리를 잠시 떠난 적 있었는데, 그때 유치원에서 빠져나간 것 같습니다. 어떻게 그게 가능했는지는 잘 모르겠습니다. 그리고……"

노랑은 어이없다는 듯 머리를 긁었다.

"다른 공룡들은 저희와 대화를 거부하고 있습니다. 분명 뭔가 알고 있을 텐데, 접속도 허용하지 않아요. 따돌림당하는 기분입니다. 저희는 진짜 공룡이 아니라는 걸까요."

허겁지겁 언덕을 내려간 나는 백악기관 건물 앞에서 현승아와 마주쳤다.

"타미 페레스가 도대체 무슨 이야기를 한 거예요?"

내가 물었다.

"그냥 여러 가지요. 쥐라기 공룡 전문가가 할 법한 질문들을 했고요……."

"혹시 다른 공룡들이 미나리를 걱정할 만한 이야기가 나온 적 있어요?"

"미나리를 콜로라도 주 정부가 사들일 수도 있다는 이야기를 했어요. 진짜로 그런다는 게 아니라 그럴 수도 있다는 말이었어요. 그쪽에서 정식으로 생물학적 스테고사우루스를 만들려면 학계 기준을 통과해야 하니까 한참 걸리겠지만 미나리는 사정이 다르지요. 다른 유전자 해커가 사고를 치지

않는 한 몇십 년 동안 지구 유일의 생물학적 스테고사우루스일 테니까요."

"그때 소담이도 옆에 있었나요?"

현승아는 고개를 끄덕였다.

나는 휴대폰을 켜고 소담이의 위치를 확인했다. 흔적도 찾을 수 없었다. 나는 소담이의 작은 메카 뇌가 어떻게 돌아갔을지 상상했다. 바다 건너온 메카 인간으로부터 미나리가 떠날 수도 있다는 말을 들은 순간부터 자기에게 맡겨진 생물학적 공룡 새끼를 보호해야 한다고 생각했을 것이다. 그리고 소담이가 선택할 수 있는 유일한 방법은 페레스 일행이 떠날 때까지 미나리를 공원 어딘가에 숨기는 것이리라.

난감했다. 소담이 혼자 저지른 일이 아니다. 다른 메카 공룡들의 협조를 얻어야 한다. 그리고 공원 내부 메카 공룡들의 정신은 통합 시스템을 통해 연결된다. 공원 관리 시스템과 별도로 공룡들의 희미한 집단의식이 존재하는 것이다. 지금까지 우리는 이에 대해 별걱정을 안 했다. 시스템과 집단의식이 대립할 이유가 없었고 지금까지 대단한 존재감도 느낀 적이 없었으니까. 그런데 이게 언젠가부터 공원 관리 시스템에서 독립한 것이다.

메카 공룡들은 지금까지 내가 알고 있다고 생각했던 기계들과 조금 다른 무언가였다.

나는 공원 지도를 펼쳤다. 메카 공룡들이 건드릴 수 없는 카메라를 확인하고 사각을 점검했다. 이를 통해 공원의 90퍼센트를 수색 범위에서 지울 수 있었다. 나머지 10퍼센트는 발로 뛰며 지워 가야 했다. 세쌍둥이들은 드론 부대를 이끌고 공원 사방으로 흩어졌고 나와 현승아는 대기실로 달려가 덴버에서 온 손님들에게 사정을 설명했다. 페레스 박사는 조금 재미있어하는 거 같았지만 자기가 참견할 일은 아니라고 생각하는 모양이었다.

미나리와 소담이가 발견된 건 다음날 새벽 한 시가 지난 뒤였다. 둘은 부경고사우르스 영토에 있는 작은 토굴에 숨어 있었다. 그곳은 우리가 지운 90퍼센트에 속한 곳이었기 때문에 나는 당황할 수밖에 없었다. 지금도 나는 어떻게 둘이 공원 관리 시스템의 눈을 피해 그곳으로 갔는지 설명할 수 없다.

토굴에서 공룡들을 안전하게 끌어내기 위해 우리는 페레스 교수를 데려와야 했다. 교수로부터 미나리를 덴버로 데려가지 않겠다는 확답을 받은 뒤에야 소담이는 미나리와 함께 밖으로 나왔다. 토굴의 이끼와 흙을 잔뜩 뒤집어쓴 미나리는 아직도 지금까지 무슨 일이 일어났는지 전혀 모르는 것 같았고 소담이는 자랑스러운 표정으로 나를 바라보며 끽끽 소리를 냈다.

4

이는 모두 5년 전 일이다. 타미 페레스는 한국을 떠난 지 3개월 뒤에 소멸했다. 덴버 공룡 동물원에서는 2년 전 생물학적 쥐라기 공룡 5종을 10년 안에 만들어낸다는 프로젝트를 시작했는데, 그 중엔 스테고사우루스도 포함되어 있다. 이 야심에 대해서는 전문가들의 의견도 분분한데, 결과물이 나오려면 아무래도 학계 기준이 수정될 수밖에 없다는 예상이 지배적이다.

미나리에 대해 이야기할 것 같으면, 유전자 해커의 설계에 치명적인 문제가 있다는 것이 밝혀졌다. 결국 미나리의 소화 기관 70퍼센트는 바이오메카 부품으로 교체될 수밖에 없었다. 많은 사람들은 미나리를 실패로 여겼다. 덴버 공룡 동물원 사람들도 미나리의 '실패'에 자극을 받아 쥐라기 공룡 프로젝트를 시작한 것이 분명하다.

미나리는 오래전에 백악기관 공룡 유치원을 떠나 쥐라기 왕국으로 갔지만, 소담이는 매일 친구를 만나러 백악기 왕국과 쥐라기 왕국 사이의 경계선을 넘는다. 해남고생물공원의 보도 자료가 선전

하듯, 이 둘의 관계를 순수한 우정이라고 생각한다면 모든 게 손쉽겠지만 나는 그렇게 순진하지 않다. 미나리는 몇십 년 동안 미몽 상태에 있었던 메카 공룡들의 집단의식을 깨우고 강화시키는 계기였다. 해남의 공룡들은 이전과는 다른 무언가가 되었고 우린 아직 그들의 속을 읽지 못한다. 읽을 수 있는 기술이 없는 건 아니지만 인공 지능 보호법이 이를 막는다.

현승아는 이제 과학원을 떠나 황해북도 야생동물보호구역에서 일하고 있다. 우린 어제 예성강의 과학선에서 열린 모임에서 만났다. 우리는 새로 복원되는 멸종 동물에 대해, 미나리에 대해, 해남 공룡의 집단의식에 대해, 점점 늘어 가는 인공 지능 정치가들에 대해, 끊임없이 여기저기에서 새로 태어나는 낯선 지적 존재들에 대해 이야기했다. 나는 두렵다고 했고 현승아는 이해한다는 듯 고개를 끄덕였지만 우리 같은 생물학적 인간들이 지금 느끼는 두려움을 이 메카 공무원이 온전히 이해한다는 생각은 들지 않았다.

현승아는 고생물 복원 전문가들과 함께 회의장으로 내려갔고 나는 사람들을 피해 갑판으로 올라가 분단 시절 인간들이 만든 추한 구조물들을 모두 제거한, 완벽하게 아름다운 자연 풍경을 감상했다.

안개에 덮인 뿌연 강물 위로 긴 꼬리가 달린 커다란 새 한 마리가 천천히 날아왔다. 새는 뱃머리 앞에서 갑자기 수직 비상해 내 머리를 스치듯 날아올랐다. 나는 새가 사라진 어두운 안개 너머를 멍한 정신으로 바라보았다.

그 새가 메카인지 생물학적 새인지는 끝까지 알 수 없었다.

작
가
의
말

듀나

최근 공룡 로봇 전시 행사에 가 보면 동물원의 미래가 여기에 있다고
생각하게 됩니다. 감금된 동물은 없고 오로지 자기 역할에
충실한 기계만 있을 뿐이지요.
하지만 그것이 동물원이 그릴 수 있는 유일한 미래일까요?
우리가 미래의 동물원을 만들기 위해 상상해야 할
무언가가 더 있지 않을까요?

소설의
첫 만남 **24**

우리 미나리 좀 챙겨 주세요

초판 1쇄 발행 | 2021년 7월 15일
초판 4쇄 발행 | 2023년 11월 8일

지은이 | 듀나
그린이 | 이현석
펴낸이 | 염종선
책임편집 | 구본슬
펴낸곳 | (주)창비
등록 | 1986년 8월 5일 제85호
주소 | 10881 경기도 파주시 회동길 184
전화 | 031-955-3333
팩시밀리 | 영업 031-955-3399 편집 031-955-3400
홈페이지 | www.changbi.com
전자우편 | ya@changbi.com